PARLE, CONTINUE !

ISBN : 978-2-37453-806-8
Toulouse, octobre 2020

Titre original :
COME HOME WE LOVE YOU STILL,

Couverture: Anne-Eléonor OLIVIER
(Photomontage d'après Shutterstock)
Maquette : Ameline RENAULT

Justin GRIMBOL

PARLE, CONTINUE !

Traduction de JEAN-YVES COTTÉ

Les Éditions du 38

— Tu entends les huards ?

— Oui. On dirait qu'ils font du grabuge.

— J'aime ce bruit. Tu n'aimes pas ce bruit ?

— Si. Les huards sont géniaux. Je ferais bien des câlins avec l'un d'eux si c'était possible.

— Sexuellement ?

— On peut faire autrement ?

— Je ne sais pas.

— Hé, tu sais ce dont je viens de me rendre compte ?

— Quoi ?

— Je ne sais même pas à quoi ça ressemble un huard.

— La ferme.

— Sans plaisanter. Je n'ai pas la moindre idée de quoi ils ont l'air. Ils pourraient ressembler à des humains. De gros humains vieux et nus qui glandent cul nu sur un lac. Ce serait flippant, non ?

— Aucune importance.

— Ah bon ?

— Non. Écoute-les c'est tout. Ils sont incroyables.

— Comment toutes ces bestioles sont-elles entrées dans la cabane ?

— La porte.

— Elles vont nous manger dans notre sommeil ?

— Elles vont peut-être nous grignoter par-ci, par-là.

— Ça ne te dérange pas ?

— Non.

— Eh bien moi, si.

— Je sais. Tu détestes les insectes.

— J'ai le sommeil léger.

— Extrêmement léger.

— J'ai encore entendu les huards cette nuit.

— J'aime bien les huards. Comment allaient les huards ?

— Je crois qu'ils avaient une dispute de huards.

— Ah bon ?

— Je crois bien. Ils faisaient un vrai raffut.

— J'ai sommeil.

— Je me méfie de ces insectes.

— Je suis tellement fatiguée. Allons-nous coucher. D'accord ?

— Je devrais peut-être tous les tuer.

— Excellente idée. Bonne nuit, bébé.

— J'ai vraiment envie de buter ces putains de bestioles. Ça risque d'être long. Mais ça en vaudrait la peine.

—Tu vas faire quoi aujourd'hui ?

— Faut que je prenne une douche.

— Alors prends une douche.

— J'y vais.

— Utilise du savon. Lave-toi les fesses.

— Comme toujours.

— Lave-toi la queue aussi.

— C'est ma chienne.

— Non, c'est ma chienne.

— Si on divorce, la chienne sera à moi.

— Faux. Elle est à moi. Après le divorce, elle vivra avec moi.

— Nan. C'est mon adorable bébé pitbull.

— Si elle allait avec toi la pauvre petite ne marcherait plus jamais.

— Je ne crois pas cette chienne capable de supporter toutes tes réflexions et tes tentatives de culpabilisation.

— C'est ma chienne !

— Et si on lui faisait un double câlin ?

— Un câlin de chaque côté ?

— Oui.

— D'accord.

— Dégueu. Tu as des crottes de nez dans ta barbe.

— Elles ont toujours été là.

— Non. Tu as éternué dans ta barbe. Comme un animal.

— Je suis malade. Je ne peux pas m'en empêcher.

— Cette génération Y n'est qu'une bande de bébés Muppets.

— Mais TU en fais partie.

— Je sais. Je suis un bébé Muppet moi aussi. Mais je ressemble plus à un gros bébé muppet qu'on a oublié sous la pluie. C'est tout moi. Voilà ce que je suis.

— Tu sais à quel Muppet tu me fais penser ?

— Lequel ?

— Le violet. Le dinosaure violet.

— Barney ?

— Ouais, celui-là.

— Barney n'est ni un Muppet ni un bébé.

— Un vrai Monsieur je-sais-tout !

— Notre histoire d'amour est une histoire intergénérationnelle.

— Arrête, tu n'es pas beaucoup plus vieux que moi.

— Je n'en suis pas moins une vieille âme.

— Ton âme a besoin de couches pour adultes. Ton âme a besoin de talc pour bébé.

— Mon âme a besoin de prendre ses médicaments.

— Pourquoi tu ne veux pas regarder un film avec moi ?

— De quoi ça parle ?

— De lapins.

— Voilà, tu as ta réponse. Je suis une adulte et je n'ai pas envie de regarder un film sur les lapins.

— Mais c'est beau. C'est un film très triste.

— J'aime bien te voir pleurer.

— Tu aimes gâcher les beaux moments.

— Non, pas du tout. Tes larmes viriles sont vraiment belles à voir.

— Elles sont une source d'inspiration.

— Ouais, exact.

— Elles changeront le monde un jour.

— Chérie, tu es craquante dans ce maillot de bain. Mais tu ne peux pas te baigner maintenant. Les flics sont là et ils disent à tout le monde qu'il est interdit de se baigner sous la cascade.

— Ah bon ?

— Je sais, c'est vraiment nul.

— Ça n'est pas possible.

— Je suis désolé, bébé.

— J'étais impatiente de me baigner sous la cascade.

— Je sais.

— J'ai regardé tout le monde se baigner. Puis je suis allée aux toilettes pour mettre mon maillot et je reviens et on n'a plus le droit de se baigner.

— Ce flic vire tout le monde de l'eau.

— Mais TOI tu t'es baigné.

— Je sais. Les flics n'étaient pas encore arrivés. C'était l'anarchie. Je suis allé batifoler avec des étudiants fraîchement diplômés et qui ont de grands espoirs en l'avenir et tout ça.

— J'ai gardé la chienne pendant que tu te baignais.

— C'était très gentil.

— Tu t'es baigné très longtemps.

— Je sais. C'était revigorant. C'était l'esprit, le corps, l'âme, et tout ça. Je me suis allongé sous une grande cascade. Je ne me suis jamais autant amusé. Mais c'était avant. Et c'est maintenant. Les flics sont arrivés et ont tout fichu en l'air. On n'a plus le droit de se baigner là.

— Mais je veux me baigner moi aussi.

— Je sais.

— Ça craint vraiment.

— Ne t'énerve pas.

— Ça m'énerve. J'ai le droit d'être énervée.

— Trouvons une autre cascade pour s'y baigner. Ce n'est pas ce qui manque par ici. Suffit d'en trouver une autre.

— Non. Je voulais me baigner ici.

— Je sais, bébé. Je sais bien.

— Ça craint. Tout le monde sait que j'aime me baigner plus que tout. J'aime me baigner plus que n'importe qui.

— Bébé, ce n'est pas si grave.

— NE ME DIS PAS QUE CE N'EST PAS GRAVE !

— Tu as raison. C'est super grave. Désolé.

— Je t'en veux.

— Je sais.

— J'adorais Dieu quand j'avais zéro an.

— Tu étais sans doute très mignon à zéro an.

— Ma mère m'a dit que je pleurais tout le temps avant ma naissance.

— Même quand tu étais dans son ventre ?

— Même avant que je sois dans son ventre.

— Ça ne veut pas seulement dire que ta mère pleurait ?

— Non, ce n'est pas comme ça que ça marche.

— Le temps est trop mauvais dans cette ville.

— Et il y a trop de pizzerias.

— Et il y a un club de strip-tease en plein sur Main Street.

— C'est le seul bar cool en ville. Tous les autres sont bondés d'étudiants. Des étudiants qui la plupart du temps ne lisent pas ou sont assez nunuches.

— Les bars de Racine, dans le Wisconsin, me manquent.

— Ils étaient mieux. Les bâtonnets de mozzarella et les fritures de poissons y étaient meilleurs.

— J'aimerais bien que le nord de l'État de New York et le Wisconsin se fondent l'un dans l'autre. Et aient un bébé.

— Ouais. Comme mes parents.

— Ton père fait tellement Midwest. Ta mère était d'ici, pas vrai ? Elle faisait très Nord-Est ?

— Je ne sais pas. Je suppose. C'est ce que j'essaie de découvrir en venant ici, et en détournant l'ombre de ces pins.

— Je sentais que c'est ce qui se passait.

— Les fantômes sont solitaires. Surtout quand on leur rend visite.

— Les fantômes ne peuvent que se fondre, car ils n'ont aucune consistance.

— J'ai hâte que la piscine publique ouvre. Je vais faire des bombes d'enfer du plongeoir.

— Ça va être génial. Je suis si contente d'avoir une piscine en bas de la rue. C'est tellement beau là-bas. Au milieu des pins et on peut entendre le ruisseau.

— C'est vraiment paisible. Mais on ne peut pas y aller avec la chienne.

— Merde, tu as raison. On pourrait peut-être lui mettre un chapeau et un manteau pour faire croire que c'est un être humain.

— Sauf qu'on ne peut pas baigner avec un manteau et un chapeau.

— C'est vrai.

— D'ailleurs, les chiens détestent qu'on les habille comme ça.

— Je veux porter plus souvent un pantalon de jogging.

— Eh bien dans ce cas on a un problème, car je veux que tu en portes moins, voire que tu n'en portes plus du tout.

— Je pourrais porter des caleçons de bain à la place. Sauf que je n'aime pas le filet à l'intérieur. Il me donne l'impression que mon petit oiseau est en cage.

— Comme il se doit.

— J'ai peur qu'on utilise trop souvent notre carte de crédit. Je pense qu'on devrait faire attention. L'utiliser avec parcimonie.

— Selon moi il faut l'utiliser le plus souvent possible. Atteindre le plafond de nos cartes de crédit, c'est en grande partie ça être adulte.

— On était censés l'utiliser uniquement en cas d'urgence. Or on s'en sert chaque fois qu'on veut une pizza.

— Pour moi la pizza est un cas d'urgence.

— Est-ce qu'on peut essayer de ne pas utiliser notre carte de crédit aussi souvent ?

— Bien sûr. J'ai un énorme bocal plein de pièces de monnaie. On peut faire comme si c'était un trésor de pirate. Ce serait drôle.

— À ton avis on a combien de pièces ?

— Assez pour toute une vie. Ou au moins une semaine. Et, après, on peut utiliser les billets de Monopoly.

— Si je pleure le matin, je pourrai enfin écrire quelque chose de bien.

— Ça a l'air sympa. Qu'est-ce que tu as fait d'autre aujourd'hui ?

— Mon père a appelé. Je lui ai parlé un bon moment.

— Comment va-t-il ?

— Bien, je suppose. Je lui ai dit que je voulais traverser le pays à pied. Tout le monde sait que marcher près de cinq mille kilomètres est le meilleur moyen de perdre du poids.

— Sauf si tu meurs.

— C'est drôle. Il a dit la même chose.

— Et ça te rend triste ?

— Bien sûr.

— Pourquoi ?

— Parce que.

— Il t'aime.

— Il déteste mon âme d'aventurier.

— Ton père veut seulement qu'on arrête de bouger aussi souvent.

— Je sais. Tout le monde veut qu'on arrête de bouger et de vivre au gré de nos aventures.

— Tout le monde, je ne sais pas. Il y a beaucoup de gens là-dehors. Des milliards, en fait.

— Les gens pensent qu'on bouge trop.

— C'est vrai.

— J'en ai marre.

— Ils veulent qu'on prenne racine quelque part. Qu'on ait des enfants.

— Racine ?

— Ouais, racine.

— Ils veulent que tout d'un coup il me pousse un million de racines du cul.

— Quelque chose comme ça.

— Putain de racines.

— Les racines c'est pas mal.

— Je suppose.

— C'est quoi le problème avec les racines ?

— Les racines sont pernicieuses. Certains disent qu'ils veulent des racines, mais ils ne font que rester une dizaine d'années au même endroit puis ils s'en vont.

— Et alors ? C'est normal.

— C'est normal. Mais ce n'est pas ça avoir des racines. Des racines devraient représenter plus que ça. Il faut vivre quelque part bien plus longtemps pour prendre racine.

— Tu es qui ? Le spécialiste ès racines ?

— Je dis ça, c'est tout. À mon avis pas si humble que ça, pour avoir des racines il faut vivre quelque part et n'en jamais partir. Il faut y avoir des enfants. Ces enfants doivent avoir des enfants. Pour avoir des racines, soit tu as des petits-enfants qui vivent dans la même ville que toi, soit tu as des grands-parents qui y vivent. Et ce n'est que le tout début des racines. Vivre simplement au même endroit pendant un temps ce n'est pas avoir des racines.

— Calme-toi.

— Je suis calme.

— Non, c'est faux.

— Si, aussi. Je suis on ne peut plus calme. Regarde comme je suis calme.

— Tu es ridicule.

— Je suis calme, bon sang.

— Tu n'as jamais envie de te poser un jour ?

— Bien sûr.

— Tu n'aimes pas l'idée d'avoir des racines, d'élever des enfants pourris gâtés ? De gros crétins, qui fument des cigarettes ? Et tu ne veux pas voir ces enfants élever des enfants dans la même ville ?

— Bien sûr, mais comment tu peux être sûre que tes enfants voudront rester dans une petite ville grincheuse et y élever leurs enfants.

— On leur lave le cerveau. On leur lave le cerveau et on leur fait du chantage.

— Ça me botte bien. Tant qu'on le fait avec amour.

— C'est ABSOLUMENT MAGNIFIQUE dehors et tu sais quoi ? Je m'en fiche complètement.

— Où tu veux en venir ?

— Je ne sais pas. Je me fais juste superbement chier.

— On pourrait aller faire un petit tour.

— Peut-être. Laisse-moi le temps d'y réfléchir.

— Tu as tout le temps que tu veux.

— Hé, voyez-vous ça, tu as fait le lit.

— Oh que oui.

— Ce doit être la troisième fois que tu le fais.

— Je suis un adulte.

— Tu es vieux.

— Tellement vieux.

— Tu es aussi vieux que le temps.

— J'ai des seins.

— Tu en as une sacrée paire.

— Ça c'est sûr.

— Ils sont gros.

— Ils sont de belle taille.

— Ils sont aussi gros que le temps.

— Le Temps ?

— Ouais.

— Le Temps avait des seins ?

— Absolument.

— Cool.

— Il avait des seins et ils ressemblaient aux miens comme deux gouttes d'eau.

— On se dispute tout le temps.

— Non, on se dispute bien plus que tout le temps.

— On se dispute trop.

— Je ne pense pas qu'on se dispute suffisamment.

— On devrait peut-être se disputer moins.

— D'accord.

— Je ne comprends pas. Pourquoi on se dispute tellement ?

— Parce que tu es toujours sur la défensive.

— Eh bien, tu n'es qu'une mule.

— À mule, mule et demie.

— Je n'ai jamais rencontré quelqu'un qui tienne autant à avoir raison tout le temps.

— N'importe quoi. Je ne compte plus les fois où j'ai admis avoir tort. Et je m'excuse comme personne. Tu es nulle pour t'excuser.

— C'est reparti.

— Hier je me suis excusé à douze reprises. Combien de fois tu t'es excusée ?

— Je ne sais pas. Je n'ai pas compté.

— Voilà. Je gagne par forfait. À présent tu me dois une excuse.

— Va te faire foutre.

— Tu vois, je t'ai dit que tu étais nulle en excuse.

— Je ne pense pas que les vieux films soient drôles.

— Tu me fais vraiment de la peine, là maintenant.

— Dans les vieux films l'humour est tellement suranné. Et emprunté. Et ennuyeux.

— L'humour ne peut pas être suranné. Quand une chose est drôle elle ne peut que faire rire, toujours.

— De quoi tu parles ?

— Le monde finira par une bonne blague qui fera que tout le monde éclatera de rire et rira jusqu'à la fin des temps. Dieu et le néant existeront dans le vide et Dieu fera genre « toc, toc », et le néant fera genre « qui est là ? » C'est comme ça que tout a commencé, par une grosse bague débile. L'humour ne peut pas être suranné.

— Ce n'est pas vrai.

— Tu es obsédé par tout ce qui est nouveau parce que tu aimerais être encore jeune.

— Pourquoi a-t-il fallu que tu ailles sur ce terrain-là ? Tu ne crois pas que c'est un peu dur ? Tu m'as vraiment vexé.

— Je suis désolée (tu vois, je me suis excusée). Il faut que tu comprennes. Je ne veux pas regarder tout le temps des films récents. Ils ne sont pas aussi intéressants. On va commencer à devoir regarder les films séparément.

— Non, on ne peut pas faire ça. Ça ressemble trop à un divorce. Je regarderai des vieux films avec toi.

— Tu dis ça, mais tu ne le fais jamais. Chaque fois que j'essaie de regarder un vieux film, tu piques une crise.

— On a juste regardé *Beignets de tomates vertes*. C'est un vieux film. Et ça m'a plu.

— Ce n'est pas un vieux film.

— Ça date des années 90.

— Je veux regarder des films des années 70, l'âge d'or du cinéma.

— C'est l'âge d'or de la morgue et de l'ennui que tu exhales.

— Touché. C'était une bonne réplique. Je suis contente que tu sois drôle. Quand tu es drôle ça rend la dispute bien plus intéressante.

— Merci. J'aime ton humour moi aussi.

— À présent regardons *MASH*. C'est censé être un classique.

— JAMAIS !

— Allez. Sois sympa.

— On ne peut pas regarder *Roseanne*[1] ou quelque chose comme ça ?

— D'accord. C'est un bon compromis.

— Je crois qu'on devrait aller à Sag Harbor. Je vois bien que tu as le mal du pays.

— Oui. Je suis un nostalgique. La moitié de moi-même vit dans le passé.

— C'est bien sain ?

— Rien ne l'est.

— Tu vois ce que je veux dire.

---

1. *Roseanne* est une série télévisée en 231 épisodes de 25 minutes. 222 épisodes ont été diffusés entre 1988 et 1997. Une dixième saison de neuf épisodes a été diffusée en 2018 avec la distribution originale. La série se poursuit depuis l'automne 2018 sous le titre *The Conners*.

— Je pense que le truc, quand tu fais un tour dans le passé, c'est de se rappeler que tu n'es qu'un fantôme, que tu ne peux jamais interagir avec lui.

— Qu'est-ce que tu veux dire ?

— Tu es un fantôme de ton propre passé.

— Je ne comprends toujours pas.

— Dans tes souvenirs tu ne peux pas te disputer avec quiconque. Ni te frotter. Ni rien. Tout ce que tu peux faire c'est observer et hanter ce que tu dois hanter.

— Je pense qu'on devrait y aller et faire un tour avec ton cousin et peut-être manger un sandwich chez Espressos et aller au bord de l'océan.

— Ce serait bien.

— On devrait vraiment le faire.

— Absolument. Les sandwiches et les plages sont super. Mais je crois qu'Espressos a fermé.

— Tu ne portes ni pantalon ni sous-vêtements.

— Je n'en ai plus le droit.

— D'après qui ?

— Je ne sais pas. Parfois on doit faire ce qu'on doit faire.

— C'est reparti.

— Hé, ne commence pas. J'ai mal dormi cette nuit.

— Je sais. Je me suis réveillée au milieu de la nuit et tu étais en train de me regarder fixement. C'était effrayant.

— C'est parce que je t'aime.

— C'est ça.

— Je suis un cupidon adulte.

— Vraiment ?

— Je suis peut-être l'être le plus romantique du monde.

— Ah bon ?

— Tu veux faire des trucs ?

— Des trucs au lit ?

— Des trucs nus.

— Bien sûr.

— En fait, j'ai changé d'avis.

— Vraiment ? Déjà ?

— Oui. Vraiment. Je vais enfiler un pantalon.

— Non. On devrait faire des trucs.

— Ah maintenant tu veux que je reste sans pantalon ?

— Ben oui, je crois qu'on devrait faire des trucs.

— Parce qu'on est ensemble ?

— Non, parce qu'on est mariés.

— Ah. D'accord. J'avais oublié ça.

— On devrait abattre des arbres pour faire de l'exercice.

— Avec quoi ?

— Avec ce qu'on utilise pour faire ce genre de choses.

— Comme ?

— Comme des couperets.

— Des couperets ?

— On peut aussi se servir du taï-chi. Juste faire onduler nos corps comme une brise légère… puis… boum ! Les arbres tombent. Exercice terminé. Muscles en sueur. Le grand jeu.

— Je pense qu'on devrait simplement faire porter nos efforts sur un régime plus équilibré et ne pas s'efforcer de brûler trop de calories.

— Tu gâches tout. L'espace d'un instant, faire de l'exercice m'a semblé amusant.

— Regarde-moi. Regarde mes fesses.

— Arrête s'il te plaît.

— Je pensais que ça te plairait. Je pensais que ça t'exciterait. Regarde-moi. Je ressemble à un gros chaton tout nu.

— Allez. Arrête. Je suis en train de manger.

— Je peux en avoir un peu ? Je ne suis qu'un petit chaton affamé et rongé de MST.

— Mets-la un peu en veilleuse s'il te plaît. Arrête d'essayer de lécher ce que je mange. Arrête de remuer les fesses. Arrête de répandre cette odeur.

— J'ai l'impression que notre relation est moribonde. J'ai l'impression qu'on ne fait pas assez de choses.

— Pourquoi ? Parce que je ne veux pas qu'un faux gros chat tout nu me harcèle pendant que je mange des spaghettis et des boulettes de viande ?

— J'ai juste l'impression qu'on a perdu notre entrain pour faire des trucs. Des trucs sexy.

— On peut en faire. Laisse-moi simplement une heure pour digérer ce repas.

— Toute spontanéité s'est envolée. Je pleure l'amant que j'étais autrefois.

— Tu te fiches de moi.

— Pas du tout. Tu sais à quel point je suis sexuellement sensible.

— Arrête. Seigneur. Tu es vraiment lourd là.

— Tu sais quoi ?

— Quoi ?

— J'en ai marre.

— Ah bon ?

— J'en ai vraiment marre.

— Tu es sûr ? Parce que tu es toujours tout nu en train de marcher à quatre pattes.

— Aucune importance. J'en ai marre. Je ne veux plus faire l'amour. Je veux juste regarder sur YouTube des vidéos de nerds qui critiquent tout et rien.

— On pourrait faire l'amour dans un petit moment. J'ai presque terminé.

— Nan. J'ai pris congé pour la nuit.

— Tu veux le faire tout de suite ?

— Nan.

— Allez. Tu sais à quel point la psychologie inversée m'excite.

— Je le sais bien. Mais ce n'est pas de la psychologie inversée. C'est ce que je ressens réellement.

— Maintenant tu m'excites vraiment. Allons-y. Allons dans la chambre sur-le-champ.

— Pas question. Je ne suis vraiment pas d'humeur.

— S'il te plaît. Cet énorme chaton tout nu est plutôt excitant.

— Non. J'ai juste envie d'être seul en ce moment.

— Mais je veux faire des câlins et des trucs.

— Nan.

— S'il te plaît.

— D'accord. Je pense qu'on peut faire des trucs, si tu le veux vraiment.

— On peut prendre une douche avant ?

— Jamais. Tu sais que je déteste les corps bien propres.

— Je veux voir le dernier X-Men.

— Alors vas-y.

— Mais je passe tellement de temps à détester les films de super-héros. J'aurais l'air d'un hypocrite si j'y vais.

— Personne n'a besoin de le savoir. Ça restera entre nous.

— Mais et si je veux écrire un poème-dialogue là-dessus ?

— Suffit de changer un peu l'histoire. Tu n'as qu'à dire que c'était moi qui voulais voir le film.

— Mais je pourrais faire qu'on se perd dans les dialogues. C'est parfois dur de savoir qui de nous deux est en train de parler. Et si j'essayais de donner l'impression que c'est toi qui vas voir ce film de super-héros à la con, mais qu'on croit que c'est moi.

— Ce serait horrible.

— Je sais.

— Quand commence le film ?

— Dans cinq minutes.

— Tu devrais y aller alors, ou tu vas être en retard.

— Tu veux venir avec moi ?

— Sûrement pas.

— S'il te plaît.

— J'ai dit non.

— Merde, c'est trop tard de toute façon. On dirait qu'il va falloir que je reste à la maison pour regarder sur YouTube les gens percer des furoncles.

— Je pense vraiment que les chiens ont une âme. Quand on a fait cette balade et qu'on est tombés sur cet étang bordé de fleurs sauvages, la chienne était tout aussi excitée que nous.

— Je crois qu'elle était encore plus excitée que nous.

— Elle a tellement adoré ça. Elle a couru partout comme une folle.

— Elle a vu les fleurs et les herbes hautes et elle a voulu les sentir contre son ventre. Il y avait probablement plein d'odeurs. Elle adore tout renifler.

— Tu penses qu'elle a une âme ?

— Ça dépend. C'est quoi une âme à ton avis ?

— Je ne pense pas que ce soit aussi compliqué que ça.

— Moi non plus.

— C'est dur de s'habituer à ta nouvelle tête.

— Je me suis rasé le crâne. Complètement.

— Tu t'es contenté de passer et repasser partout cette tondeuse

— J'ai dû perdre un peu les pédales. Maintenant je n'ai plus un seul cheveu. Et je ressemble à une tortue.

— Tu ressembles effectivement à une tortue.

— J'en ai pleuré un bon moment.

— Tu as pleuré bien plus longtemps. Tu étais nu, chauve et en sanglots. C'était violent.

— Un peu bizarre.

— Maintenant tu fais comme s'il ne s'était rien passé.

— C'est important d'avoir l'air désinvolte dans ces cas-là.

— Sans doute.

— Je suis content qu'on soit partis faire cette balade. Ça m'a vraiment calmé. Ça m'a permis d'évacuer.

— La nature est un bon remède.

— C'est le pulvérisateur nasal de l'âme.

— Je dois venir chez la vétérinaire avec toi ?

— Je ne sais pas.

— J'essayais simplement de te soutenir.

— C'est gentil. Mais la vétérinaire te rend tellement nerveux. Et alors tu dis des trucs bizarres.

— C'est vrai.

— Tu te rappelles quand tu as demandé à la vétérinaire si tu avais des glandes anales ?

— C'était de la curiosité.

— Je crois que tu devrais rester là.

— D'accord.

— Je ne peux pas croire que notre bébé chien puisse avoir un cancer.

— Ce n'est plus vraiment un bébé. Elle a dans les trois ans.

— C'est encore si jeune.

— Rappelle-toi. On n'est encore sûrs de rien. On ne connaîtra pas le résultat de la biopsie avant lundi.

— Je ne le sens pas bien.

— De quoi avait l'air la vétérinaire quand tu lui as parlé ?

— Elle avait l'air d'une vétérinaire.

— Qu'est-ce que ça veut dire ?

— J'en sais fichtre rien.

— Allez, aide-moi un peu.

— Elle était inquiète. Elle a dit qu'elle ne voyait pas ce que ça pouvait être d'autre.

— Merde. Des fois je pense qu'on l'aime trop.

— On est dingues d'elle. On lui est peut-être trop attachés.

— On devient fous ?

— Non. C'est la meilleure des chiennes qui soit. On est juste comme ça.

— Comme quoi ?

— On est fleur bleue.

— Et sensibles.

— On s'attache.

— Tellement.

— On pleure facilement.

— Eh bien, tu pleures facilement.

— Exact.

— C'est vrai.

— Je sais.

— Tu pleures bien plus que moi.

— Ça va, j'ai compris.

— Désolée.

— Je ne peux pas croire qu'elle puisse avoir ce cancer-là.

— C'est-à-dire ?

— Le cancer du bébé chien.

— C'est adorable.

— J'adore ces petits yeux en amande et ses petites pattes blanches.

— Ça va ?

— Je ne crois pas.

— Tout va bien.

— Je m'efforce de me rappeler que les bébés chiens ne sont pas censés vivre éternellement.

— Moi aussi.

— Ce n'est pas le pire qui puisse arriver.

— Je sais.

— Ce n'est pas comme si l'un de nous devenait paralysé.

— Ou comme si l'un de nous avait un cancer.

—Tu crois que notre propriétaire nous autoriserait à avoir un nouveau chien si elle meurt ?

— J'espère.

— Tu vas écrire à là-dessus ?

— Qu'est-ce que tu veux dire ?

— Tu vas t'en servir pour écrire un de tes

poèmes-dialogues ?

— Je ne crois pas. Je veux garder ça pour nous. Peut-être plus tard. Peut-être dans quelques années.

— Ça ferait des dialogues plutôt nunuches.

— Oui. Je ne crois pas que ça marcherait.

— Peut-être que si.

— Non, je vais éviter d'écrire là-dessus.

— Et celui-là ?

— Celui-là ? Celui qu'on est en train d'écrire ?

— Oui.

— Je vais m'en servir.

— Donc tu vas écrire là-dessus.

— On peut éviter de se disputer ?

— Je ne me dispute pas. Pas volontairement, du moins.

— Je vais m'en servir.

— Duquel ?

— Tu le sais.

— Non, je l'ignore.

— Celui-là. Celui dans lequel nous sommes là maintenant.

— Ah, celui-là.

— Oui.

— Pas de problème.

— Tu es sûre ?

— Ouais, je crois qu'il sera bien.

— Ouais.

— En fait, tu l'as déjà écrit.

— C'est vrai.

— Alors autant en profiter.

— Exact.

— Bon.

— Ou je vais peut-être l'effacer.

— Ça m'irait aussi.

— Tu te souviens du poisson rouge que j'avais.

— Oui. Commet il s'appelait ?

— Ronald Reagan.

— Tu es sûr ?

— Certain.

— Tu l'as gardé combien de temps ?

— Quelques mois.

— Tu n'avais pas fait tomber une boule de bowling dessus, ou un truc du genre ?

— Si. Je lui ai fait tomber une boule de bowling dessus. Mais ce n'est pas ça qui l'a tué.

— Ah bon ? C'était quoi alors ?

— Je l'ai ramené à la maison de l'université pour Thanksgiving. Cette pauvre tête de nœud n'a pas supporté le voyage.

— C'est dur les vacances.

— Je crois que j'ai trop pris l'habitude de porter des sandales.

— Ça te passera quand il commencera à faire froid.

— Je n'en suis pas si sûr.

— Fais-moi confiance. Rien ne vaut des sandales de neige.

— Pas pour l'instant en tout cas.

— Ni jamais.

— Je suis du genre obsessionnel pour ces trucs-là. J'aime bien faire bouger les choses.

— Je sais. Tu as dormi avec tes sandales hier soir, après les avoir gardées pour faire l'amour, ce qui est arrivé juste après que tu as pleuré avec ces foutues sandales aux pieds.

— Tu devrais te montrer plus solidaire dans cette affaire de sandales.

— Je vais essayer. Mais n'oublie pas. Le diable nous donne des choses pour faire ressortir ce qu'il y a de pire en nous. Dieu nous enlève des choses pour faire ressortir ce qu'il y a de meilleur en nous.

— Depuis quand tu es devenue si biblique ?

— Je ne m'en souviens pas. Dans une autre vie peut-être.

— Tu étais quoi dans ta dernière vie ?

— Une femme des cavernes. Ou peut-être une vieillarde.

— Ou un pin.

— Ou un tampon hygiénique.

— Je crois qu'on était tous les deux des tampons dans une autre vie.

— Ou une méduse.

— Je crois que j'étais certainement un cumulonimbus dans ma vie antérieure.

— Impossible.

— Alors j'étais quoi à ton avis ?

— Je crois que tu étais un lapin.

— Un lapin ?

— Oui, un lapin avec un gros derrière duveteux.

— Je préférerais avoir en permanence de l'herpès sur les fesses et le zizi plutôt que de voir ma chienne mourir.

— Ouais, évidemment. Mais tu ne devrais pas dire des choses pareilles tout haut.

— Pourquoi ?

— Les gens vont croire que tu veux attraper de l'herpès.

— Non. Seulement je ne veux pas que ma chienne ne meure pas.

— Ta chienne n'est pas morte.

— Je n'ai pas non plus d'herpès. Ceci dit.

— Attends, je croyais que tu n'allais pas écrire là-dessus.

— Sur quoi ?

— Que notre chienne a peut-être un cancer.

— Eh bien, je n'en avais pas l'intention. C'est toi qui as dû m'en donner l'idée.

— Mais tu as écrit ce que j'ai dit. Tu aurais pu dire autre chose.

— Merde, ça devient trop prise de tête.

— Il est mort.

— Tu l'as tué.

— Je suis un meurtrier.

— Pauvre papillon de nuit.

— Cette bestiole avait tellement de trucs jaunes à l'intérieur.

— Elle a peut-être mangé de la moutarde. C'était peut-être une mordue de la moutarde. Mon oncle mangeait beaucoup trop de moutarde même si les médecins lui disaient que c'était mauvais pour son caca.

— J'adore la moutarde moi aussi.

— J'adore la moutarde forte.

— Ou la moutarde au raifort.

— Je me rappelle qu'une fois en colonie de vacances il y avait cet énorme papillon de nuit sur le miroir de la salle de bains et que je l'ai tué et que mon moniteur, un Anglais maigrichon, s'est mis dans une colère noire.

— Pour avoir tué un insecte ?

— Il m'a hurlé dessus. Bref, il a vraiment pété les plombs.

— Qu'est-ce qu'il a dit ?

— Je ne m'en rappelle pas. Mais merde, il était fou furieux.

— Il te détestait ?

— Peut-être. Je me rappelle qu'il devenait toujours

agressif quand on parlait de la guerre d'indépendance.

— Pourquoi ?

— Parce qu'il est britannique. Ou était. Il est peut-être mort à l'heure qu'il est.

— Est-ce que tous les Britanniques sont agressifs quand on parle de la guerre d'indépendance ?

— Ça m'étonnerait.

— Mais lui oui ?

— Ouais, il disait qu'ils nous avaient laissé gagner et qu'ils étaient ravis de s'être débarrassés de nous.

— Passionnant.

— Il disait qu'ils avaient fait exprès de perdre.

— C'était un mauvais perdant, c'est ça ?

— Je suppose.

— Tu te rappelles quand tu as rencontré ma mamie ?

— C'était drôle.

— Ah bon ?

— Bien sûr. Elle était tellement vieille et coincée et elle avait une harpe. Je ne savais même pas que les harpes existaient pour de vrai.

— Elles existent. Bel et bien.

— Et on a joué au Scrabble.

— Elle t'a mis une raclée.

— Absolument.

— Elle n'y est pas allée de main morte.

— Et pas qu'un peu.

— Une sacrée raclée.

— Et elle m'a récité un poème d'Auden.

— Je m'en souviens. Tu n'as pas récité un poème toi aussi ?

— Plus ou moins.

— Qu'est-ce que tu veux dire ?

— Je suis incapable de retenir quoi que ce soit. J'ai donc improvisé.

— Merde. Vraiment ?

— Ouais, j'ai improvisé un truc.

— C'est carrément dingue.

— J'étais totalement défoncé à l'époque.

— Tu as improvisé un poème comme ça ?

— Ouais.
— Tu crois qu'elle s'en est rendu compte ?
— Non. Pas le moins du monde.

— Ça fait un bail que ma mamie est morte.

— Pas vraiment. À peine quelques années.

— Il y a un bail.

— Non, pas du tout. Ça ne fait pas si longtemps.

— Pour moi ça fait longtemps.

— Tu es triste d'avoir raté son enterrement ?

— Non. Pas vraiment.

— Les enterrements n'ont pas d'importance.

— Tu es allée à l'enterrement de ta mamie ?

— Oui.

— C'était bien ?

— Pas particulièrement.

— Tu voudrais ne pas y être allée ?

— Non, après on s'est retrouvés au Olive Garden.

— LE Olive Garden ? Vraiment ?

— J'étais complètement saoule.

— C'est-à-dire ?

— Bourrée comme un coing.

— Non…

— J'étais déchirée.

— Tu as bu combien de bières à ce putain d'Olive Garden ?

— Plein. Je croyais que tout le monde était saoul. Mais alors j'ai remarqué que personne d'autre ne buvait de bière.

— C'est trop mignon.

— Je n'y crois pas.

— Moi non plus.

— Notre bébé chienne n'a pas de cancer.

— Je suis tellement soulagée.

— On devrait fêter ça.

— On devrait faire un truc drôle.

— Allons faire un tour en voiture.

— Non. Pas encore.

— Quel est le problème ?

— Je ne crois pas que j'aime autant rouler qu'avant.

— Mais rouler est le fondement de ce mariage.

— Je sais. Ne me fais pas culpabiliser. Je n'aime tout simplement plus autant rouler sans but. J'ai changé. Je n'y peux rien.

— D'accord.

— Tu as l'air contrarié.

— Ça va.

— Non, c'est faux.

— C'est vrai. Je suis contrarié.

— Pourquoi ?

— C'est vraiment triste.

— Arrête.

— Quand on s'est rencontrés on était toujours partants pour faire un tour en voiture. Et maintenant… tu as changé.

— Écoute, ce n'est pas comme si je ne voulais plus jamais aller faire un tour en voiture. On continuera de le faire. C'est juste que je n'aime plus autant ça.

— Qu'est-ce qu'on fait à la place ?

— On pourrait aller acheter du fromage amish à Richfield Springs.

— J'adore le fromage amish.

— C'est un truc incroyable.

— Et j'adore comment ces vieux barbus se déplacent avec leurs drôles de scooters.

— Ils connaissent leur affaire.

— Absolument.

— Allons acheter un peu de ce fromage amish.

— Mais c'est bien à quarante minutes d'ici. Il va falloir faire de la route.

— Je sais.

— C'est à n'y rien comprendre.

— Soit. C'est difficile à comprendre.

— Quand on meurt, tu crois qu'il y a un paradis ou tu crois que c'est juste le néant ?

— Je crois que le paradis et le néant c'est pareil.

— Qu'est-ce que tu veux dire ?

— Réfléchis. Qu'est-ce qu'on espère tous quand on meurt ? À quoi veut-on que ressemble le paradis ?

— À un endroit où l'on peut manger autant de glaces que l'on veut.

— D'accord, des glaces. Quoi d'autre ?

— Je ne sais pas.

— La plupart des gens veulent revoir les gens qu'ils aimaient et qui sont morts. Être réunis avec tous ceux qu'ils ont perdus.

— C'est vrai.

— Qu'est-ce qui compte le plus quand on passe du temps avec quelqu'un ?

— Rigoler et se soutenir et s'aimer et tout.

— Bien sûr, c'est vrai. Mais je crois que ce qu'on veut vraiment, ce qui compte le plus pour nous, c'est de vivre quelque chose avec quelqu'un. Quand on vit quelque chose tout seul on se sent triste et abandonné. C'est pour ça qu'on veut vivre des choses avec d'autres gens. Quand on meurt, on se retrouve dans le même néant que tous nos morts. Ce qui veut dire, en un sens, que nous vivons le néant avec eux. On passe du temps avec eux. On est réunis parce qu'on vit tous dans le même néant où la souffrance n'existe pas.

— Je ne sais pas si tu te la joues ou pas.

— Oh, crois-moi, je suis bel et bien en train de me la jouer.

— C'est donc ce que tu crois ?

— Une partie de moi y croit. Une grande partie de moi. L'autre partie croit que nous n'avons pas à planifier l'au-delà comme si on partait en vacances.

— Ou à la retraite.

— Ou dans un spa.

— Ou dans un camp de vacances.

— Ou dans une station balnéaire.

— Oh là, j'aimerais que le paradis ressemble à Popham, dans le Maine, où l'on peut manger à volonté de la bisque de homard et des glaces à la myrtille.

— Je crois que le paradis est peuplé de filles hippies qui crient et se baladent dans les bois aussi défoncées que moi. Qui peuvent aussi me montrer leurs fesses à l'occasion.

— Je suis un peu comme ça. Je te montre mes fesses.

— Mouais.

— Mais putain ! Je te montre mes fesses tout le temps !

— Ce n'est pas pareil.

— Tu es vraiment trop con.

— Désolé. J'adore tes fesses. Seulement je crois qu'il y aura d'autres fesses au paradis. Des fesses que je n'ai jamais vues.

— À ma mort je veux être incinérée. Qu'est-ce que tu veux faire de ton gros corps ?

— Je veux juste qu'on me mette en terre, nu, sans, cercueil.

— On n'en a pas le droit.

— Bien sûr que si.

— Non.

— J'ai vérifié. J'en ai parfaitement le droit.

— Vraiment ?

— Ouaip.

— Chéri… Je refuse de faire ça pour toi.

— Tu as intérêt. C'est ma dernière volonté.

— Hors de question que je fasse une connerie pareille. Je vais te faire incinérer. Et disperser tes cendres dans tout le Maine.

— Le Maine ?

— Ouaip. Le Maine.

— C'est l'endroit que j'aime le moins.

— Sois gentil, c'est là que j'ai grandi.

— Tu sais que je déteste le Maine.

— Oui. Car tu n'arrêtes pas de le dire.

— Mais c'est toi qui en as parlé.

— J'ai un peu le mal du pays.

— Tu as le mal du pays ?

— Oui.

— Merde. Je suis désolé. Je ne voulais pas dire du mal du Maine.

— C'est bon.

— Une partie du Maine est sympa. L'océan est vaste et froid. J'aime Baxter State Park. Stephen King y habite. C'est plutôt bien.

— Tu Casa à Portland me manque.

— À moi aussi.

— J'aimerais qu'on puisse aller y manger là maintenant.

— Service exécrable. Excellente cuisine.

— Leurs plantains frits me manquent.

— Ils étaient parfaits.

— On devrait se faire moines.

— Tous les deux ?

— Oui. Laissons tomber le loyer, le régime, les traites de la voiture, les emmerdes familiales et tout le reste et promenons-nous simplement dans les bois en soutane, en s'efforçant de réfléchir le moins possible.

— On aurait le droit de faire l'amour ?

— Je ne sais pas.

— Et notre chienne.

— Merde. Est-ce que les chiens peuvent être moines ?

— Je ne crois pas. Ça m'étonnerait qu'on les accepte dans une maison de moines, ou Dieu sait comment ça s'appelle.

— Tu as raison. Ils ne sont sans doute pas acceptés dans les « maisons de moines ».

— Attends, quel genre de moines on serait ? Chrétiens, bouddhistes ou autre ?

— Ça n'a plus d'importance. Je n'abandonne pas ma chienne, et j'aime trop faire l'amour avec toi.

— Ah, c'est gentil. Au fait il faut que tu te rafraîchisses la moustache, elle commence à tomber en quenouille.

— Je déteste les jours fériés. C'est vrai, je les déteste.

— Oh non.

— Je les hais vraiment. Je les hais avec l'incandescence d'un incendie.

— Ça ne va pas recommencer

— J'en ai marre de ces putains de jours fériés, compris.

— Tu vas te calmer ? On est en plein été. Il n'y a pas le moindre jour férié à l'horizon.

— Et le Quatre juillet ?

— C'était la semaine dernière et on n'a strictement rien fait parce que la chienne était malade.

— Je m'en souviens. On s'est occupés de notre chienne malade.

— Exactement.

— Et c'est une bonne chose. S'occuper de chiens malades est une bonne chose.

— Oui. Évidemment.

— J'adore notre chienne. Sans doute trop.

— Tout comme moi. Mais on est quand même allés à la fenêtre pour regarder le feu d'artifice. Tu te rappelles ? C'était vraiment bien.

— Je suis d'accord. C'était bien. Mais je hais quand même les jours fériés.

— Je le sais.

— Je les hais vraiment.

— C'est reparti.

— J'adore notre chienne. Mais je hais les jours fériés.

— Je sais. Je sais.

— Je déteste aussi les belles chaussures. Je n'aime que les baskets. Les vieilles baskets. Les baskets qui ont marché dans l'eau. Merde !

— Le cinéma est trop vieux et trop sympa. Ça ressemble au fantôme classeur Trapper Keeper là-dedans.

— Et il y fait froid même en été.

— C'est rien de le dire.

— J'aime bien le *diner*.

— Lequel ?

— Celui avec les toilettes.

— Ah, celui-là.

— Ce *diner* a les plus chouettes toilettes.

— Avec un accès handicapé pour tous les vieux qui y viennent.

— Je préfère les toilettes du parc national de Gilbert Lake. Elles me donnent l'impression d'être en colo.

— J'aime boire du vin au Hill City Grill.

— Moi aussi. Mais j'aime aussi faire un tour en voiture et découvrir de petites églises dans les villes miteuses au milieu des verges d'or.

— J'adore te regarder pleurer. Ça me fait rire.

— J'aime te faire voir des choses vieilles et rasoir.

— On finira peut-être vieux et rasoir ensemble.

— On ne devrait pas avoir d'enfants avant d'avoir… mettons… quatre-vingt-dix ans.

— J'ai hâte qu'on soit les plus vieux parents qu'on ait jamais vus.

— Je ne veux pas avoir d'enfants avant d'être sénile.

— Dès que notre enfant viendra au monde, il devra s'occuper de nous.

— Il devra changer nos couches.

— Amen.

— J'ai des idées de boulot.

— Des idées pour nous rendre riches ?

— Je vais faire promeneur de chiens et acheter des tickets à gratter et alors je ferai gratter les tickets à gratter par les chiens à ma place. Ainsi je vais pouvoir gratter un nombre incroyable de tickets à gratter.

— Quel esprit d'entreprise.

— Je sais. Je suis un battant.

— Cela dit tu pourrais peut-être reprendre tes études. Obtenir un diplôme. Les gens adorent les diplômes.

— Ça existe un diplôme de promeneur de chiens ou de gratteur de tickets ?

— J'en doute.

— Alors ce n'est pas pour moi.

— Quand est-ce que ma barbe repoussera ?

— C'est en bonne voie. Patience.

— Ces putains de poils mettent trop de temps à pousser. Et s'ils ne repoussent pas assez et que je suis condamné à avoir cette tête flippante de beau-père aux yeux globuleux ?

— Tu es très bien.

— On dirait que je dirige une expérience.

— Une quoi ?

— Je ressemble à un prof de sciences.

— Oh, arrête.

— J'ai l'air d'une dinde avec une tête hypertrophiée.

— OK, tu es juste adorable comme ça.

— Je déteste mes bajoues.

— Arrête.

— Je suis moche.

— J'aime bien ta tête. Tes bajoues sont adorables.

— L'amour-des-gens-mariés est parfois tellement affligeant.

— La ferme, tu adores l'amour conjugal.

— C'est vrai. J'en ai besoin la plupart du temps.

— Absolument.

— Mais tu ne comprends pas ? Je veux être un putain de sex-symbol ! Ou au moins ne pas être complètement banal.

— Tu es très bien. Tu veux aller dans la chambre pour faire des trucs ?

— Tout nus ?

— Ben, un peu nus. Suffisamment nus.

— Nus comment au juste ?

— Je pourrais garder mes chaussettes.

— Bon pour les chaussettes.

— Ou je garderai peut-être mon chemisier.

— Je veux que tu enlèves ton chemisier.

— Je pourrais juste le remonter pour faire brassière.

— Ça m'a tout l'air d'être un super plan.

— Comment va ton père ?

— Euh.

— Qu'est-ce qui ne va pas ?

— J'ai fait quelque chose.

— Quoi ? Qu'est-ce que tu as fait ?

— Eh bien, c'est plutôt que je n'ai pas fait quelque chose.

— Mon Dieu, raconte. Je ne supporte pas ce suspense.

— J'ai oublié son anniversaire.

— Non.

— Si. Je l'ai oublié. Je l'ai totalement oublié.

— Il est furieux ?

— Je ne sais pas. Il s'est fichu de moi. Il semblait trouver ça drôle. Oh la. Ce n'est pas bon. Il n'a pas fini de me le reprocher.

— Aucun doute.

— Je suis foutu.

— Il a oublié ton anniversaire une fois. Et tu l'as fait culpabiliser pendant des années pour ça.

— Je l'ai fait culpabiliser pour ça la semaine dernière c'est tout. Je ne peux plus le faire. Ce n'est plus pareil. Je ne peux plus jouer cette carte-là.

— En un sens oublier son anniversaire c'est le plus beau cadeau que tu aies pu lui faire.

— Exact. Mais je m'en veux vraiment.

— Je sais.

— Tu sais ce qu'il y a de triste aussi dans cette affaire ?

— Quoi ?

— Tu as oublié toi aussi.

— Non.

— Si.

— Vraiment ?

— Oui.

— Oh merde. Moi aussi. Putain.

— J'aime bien les fleurs désormais.

— Je sais.

— J'ai vu une maison entourée de fleurs et je veux donner du chien à cette maison, parce que ça me rend tellement heureux de voir des fleurs. Je trouve que c'est un truc sacrément génial.

— Tu es bien le fils de ton père.

— Les fleurs sont d'une telle insolence.

— Absolument.

— Elles semblent prêtes à faire des trucs.

— Des trucs sexuels ?

— Sexuel de chez sexuel. Dans toutes sortes de positions aussi.

— Il est bien connu qu'elles fécondent par pollinisation.

— Chérie, je ne suis plus au top de ma forme sexuelle, et je tiens à m'en excuser auprès de toi.

— C'est bon. Vraiment. Ça ne me dérange pas.

— Des pins, dis-donc.
— En vrai.
— Tellement.
— Ils font de l'ombre.
— De l'ombre pour tout le monde.
— Et pour faire la sieste.
— Si paisible.
— Non.
— Non ?
— Les insectes.
— Exact.
— Des insectes d'été.
— Ils grignotent.
— Orgie de grignotage !
— Grignotage ininterrompu.
— Démangeaisons.
— Encore.
— Les Pins.
— Bien.
— Ce que je préfère dans la nature.
— Ah bon ?
— Les pins et les ruisseaux.
— Et les rochers moussus.
— Et les fesses des filles en été.
— Et les pique-niques.

— Les fesses des mecs en été.
— Encore des trucs d'été, s'te plaît.
— Des mauvaises herbes.
— Et des baskets couvertes de boue.
— Et des nuages d'orage.
— Et des coups de soleil.
— Et la climatisation.
Et des siestes.
— Et des chiens langue pendante.
— Et des vendeurs de crème glacée.
— À l'italienne.
— Des vide-greniers.
— Des entrecuisses en sueur.
— Des grenouilles.
— Des balades en voiture.
— Trop de voitures.
— Les vacances.
— Des crises.
— Des rougeurs.
— Des coups de soleil.
— Des chapeaux en maille.
— Des carnavals.
— Des hot-dogs.
— Impossible de laisser le chien dans la voiture.
— Nan.
— Nan.
— Attends.
— Quoi ?
— Encore des trucs.
— D'accord.
— Des verges d'or.
— Se baigner en t-shirt.
— Des écrevisses.
— De la boue.

— De l’herbe.
— De l’India Pale Ale
— Pas d’étudiants.
— Aucun.
— Des porches.
— Des vieux.
— Des assiettes de fromage.
— Des assortiments de fromages.
— Du café glacé.
— L’anniversaire de ton père.
— Des pommes de pin.
— Des mouches des fruits.
— Des bandes d’insectes.
— Des morts.
— Tant de morts.
— Des familles qui se disputent devant le Temple de la renommée du baseball.
— Toujours.
— C’est sans fin.

— Il faut qu'on soit sacrément plus adorables

— Je suis d'accord.

— On arrête les conneries.

— Plus de conneries.

— Il faut qu'on porte des tenues assorties.

— Toute la journée tous les jours.

— Quand je porte du jaune, il faut te démerder pour porter du jaune.

— Et pour les autres couleurs, comme le vert ou le rose ou arc-en-ciel ?

— Ça vaut pour toutes les couleurs.

— D'accord.

— On arrête les conneries.

— Plus aucune.

— Plus aucune.

— Il faut aussi qu'on se prenne en photo assis devant une cheminée. Une petite cheminée. Peut-être qu'on pourrait se pelotonner sur un tapis ou un truc du genre.

— C'est quoi ce bordel ?

— C'est un lit.

— Un lit ?

— Je l'ai tout bien fait pour nous.

— C'est ça que tu appelles faire un lit ?

— Ouais.

— Tu te drogues ?

— Les vitamines ça compte ?

— Ce lit est une belle merde. Les couvertures ont l'air empilées les unes sur les autres.

— Allez…

— Y a qu'un trou du cul pour dormir dans un lit pareil.

— Il me plaît. Je trouve qu'il a l'air d'avoir servi.

— Ça n'a aucun sens.

— Je crois que si.

— Ça n'en a pas.

— Tout a un sens.

— Ce lit est à chier.

— C'est un bon lit.

— On dirait le lit d'une bête sauvage.

— C'est mal ?

— Je ne sais plus.

— Mais si tu sais.

— Je veux un lit fait normalement. Je veux que les

couvertures soient bien bordées, pas empilées les unes sur les autres. Je veux un chez nous qui soit beau. Je veux un chez nous qui soit normal.

— Je sais.

— Arrête de me faire culpabiliser de vouloir que les choses soient belles.

— Qu'est-ce que tu veux dire ?

— Que tu es particulièrement agaçant

Mais j'ai fait le lit.

— Mais tu l'as mal fait.

— C'est une question de point de vue.

— AHHHHHHHHHHHHHHHHHHHHHHHHHHHHHH !

— Est-ce que tu crois aux âmes sœurs ?
— Va te faire foutre.

— Jette un œil à ce mème.

— Merde alors, c'est mignon.

— C'est tellement mignon. Ça me fout en rogne.

— Tout ce que je veux c'est protéger cette image.

— À tout prix ouais.

— Je la protégerais davantage ceci dit. Parce qu'habituellement je suis plus protecteur.

— Tu veux dire parano.

— Certains disent tomate, certains disent (faire entendre un bruit de pet).

— La carte a encore été refusée.

— Ça craint.

— Je déteste cette carte. On la refuse toujours.

— Cette carte craint.

— Il faut plus d'argent dessus.

— Non. C'est un exorcisme qu'il lui faut.

— Un exorcisme inversé.

— Ou un peu plus de doubles câlins.

— Pourquoi notre carte est-elle aussi peu sûre d'elle ?

— Sais pas. Peut-être qu'elle a toujours manqué de confiance en soi. C'est juste qu'on s'en aperçoit seulement maintenant. La pauvre.

— Est-ce qu'on n'a pas fait assez attention à elle ? Qu'on a considéré que ça allait de soi ?

— Peut-être. Difficile à dire.

— Notre carte a besoin d'un psy.

— Ou juste de pleurer un bon coup.

— Notre carte a besoin d'une bière.

— Non. Elle a déjà bu trop de bières.

— La bière n'est d'aucun secours là.

— Hum.

— Ça pourrait aider. Peut-être.

— Je suis saoule après deux bières.

— Moi aussi.

— Puis j'ai la gueule de bois pendant que je bois la troisième.

— C'est dur.

— J'aime assez que notre carte soit sans le sou.

— Pas moi.

— Je trouve que ça lui donne de la personnalité.

— Je pense que notre carte a besoin d'une bonne diète.

— Une diète pécuniaire ?

— Ça oui.

— Je veux faire plus attention à l'argent.

— Je ne sais pas ce que ça veut dire.

— On est fauchés.

— Exact.

— On est toujours fauchés.

— C'est vrai.

— On ne peut pas payer les factures.

— Où tu veux en venir ?

— Je veux davantage contrôler la situation, financièrement.

— Je serais prudent si j'étais toi.

— Qu'est-ce que tu veux dire ?

— Les gens qui gèrent bien leur argent sont généralement plutôt déprimants.

— C'est assez vrai la plupart du temps.

— Ou je pourrais me mettre franchement à délirer.

— À quel sujet ?

— L'argent.

— Et je délire ?

— Peux pas dire.

— Hé ! Regarde ça !

— Mon dieu.

— Où est passé mon pantalon ! Il a disparu !

— Tu es ridicule.

— Je ne trouve pas mon pantalon. Et on n'a pas

les moyens d'en acheter un. Qu'est-ce que je vais faire ?

— Prendre une bonne douche ?

— Hé, qu'est-ce que tu insinues ?

— Que tes boules dégagent comme une odeur de guerre sans fin pour le pétrole.

— C'est une bonne chose. Non ?

— Non, c'est triste. Ça pourrait dégrader l'environnement.

— Mes balles au prisonnier en sueur sont responsables du réchauffement climatique ?

— Difficile à dire. Les données scientifiques ne sont pas concluantes. Mais. Peut-être.

— Il faut que tu t'excuses.

— Pourquoi ?

— Parce que tu étais grognon quand je suis rentré.

— J'étais grognon parce que tu as été grossier.

— Je n'ai pas été aussi grossier que ça.

— Eh bien, je n'étais aussi grognon que ça.

— Tu étais particulièrement grognon et ça m'a blessé.

— C'est toi qui m'as blessée pour commencer.

— On ne fait pas un concours.

— Si.

— Non.

— Si et si.

— Non. Pas du tout.

— Tu m'as blessée en premier.

— Et ?

— Et tu n'as pas à me blesser puis t'attendre à ce que ce soit moi qui m'excuse de m'être sentie blessée

— Ce n'est pas ce que j'ai fait.

— Si.

— J'ai faim à présent.

— Moi aussi.

— On va manger une pizza chez Nina ?

— Allons-y.

— Et on devra continuer cette dispute une fois là-bas ?

— Quand j'aurai mangé, je ne serai sans doute plus grognon.

— Ha. C'est pour ça que tu es grognon, pas vrai ?

— Merde.

— Tu es grognon par ce que tu as faim. Je savais que c'était quelque chose comme ça.

— Hum.

— Maintenant tu me dois vraiment une excuse.

— Je suis désolée.

— Merci. C'était une très bonne excuse.

— Je te remercie.

— J'adore le truc croquant dans les œufs.

— C'est la coquille.

— Ah bon ?

— Hé merde.

— On devrait ouvrir notre propre chambre d'hôte.

— Dans notre maison minuscule ?

— C'est un bon truc. Des gens du monde entier viendraient séjourner dans notre petite maison malpropre. Ils paieraient une fortune pour dormir sur notre matelas malodorant, et pisser dans nos toilettes, qui ont la taille de celles d'un avion.

— Sans oublier notre cuisine où il est impossible d'être ne serait-ce qu'à deux sans que quelqu'un ne soit coupé ou brûlé.

— Et nos meubles pourris.

— Uniquement les plus pourris pour nous.

— Exactement. Ce serait chouette.

— J'aime bien cet endroit.

— Moi aussi.

— Je pense qu'on devrait en tirer plus de fierté.

— C'est de la fierté.

— Ah bon ?

— Je pense, oui.

— Je pense qu'on ne devrait pas être si durs à ce sujet.

— J'aime bien me moquer des choses. Je trouve que c'est un truc adorable à faire.

— C'est bien ici.

— Je n'ai jamais dit le contraire.

— On a un grand jardin et notre chienne se roule sur le dos dans l'herbe et c'est vraiment charmant.

— C'est un super jardin. On a des pins et de l'ombre.

— C'est super. C'est pour ça que j'ai voulu vivre ici.

— Je suis ravie que nous ne vivions plus dans la voiture.

— Je déteste dormir dans une voiture.

— Ce n'est pas confortable.

— Pas du tout.

— J'aime bien la piscine municipale mais parfois il m'arrive de regarder les gens dans leurs maillots de bain bien ajustés, musclés et insolents, et je me sens mal à l'aise. Et pour eux aussi, parce qu'ils voient que je les regarde. C'est pénible.

— Tu devrais porter des lunettes de soleil.

— C'est une bonne idée.

— Ou te faire arracher les yeux.

— C'est une excellente idée ça aussi. On pourrait les vendre à un pervers des yeux, un givré du Delaware. Gagner de l'argent. Partir en vacances.

— Pourquoi le Delaware ?

— Pourquoi pas ? ça a l'air d'un endroit convenable. Un peu en manque d'affection.

— En manque d'affection ?

— Il a besoin d'un peu d'attention. Et il le sait.

— C'est bien vrai. Le Delaware a besoin d'un amour pervers constant.

— C'est la forme d'amour la plus authentique.

— Est-ce que tu pleures ?

— Ça se pourrait.

— Tu pleures.

— Il faut que je pleure beaucoup.

— Pourquoi ?

— C'est ma façon de me requinquer.

— Pleurer t'aide à te requinquer ?

— Oui. Vraiment.

— La pizza te requinque tout autant.

— La pizza est presque aussi bien que les larmes.

— Je faisais beaucoup pipi dans ma culotte quand j'étais petit.

— Je m'en doutais.

— C'était assez facile.

— J'imagine.

— Tu as déjà fait pipi dans ta culotte ?

— Nan.

— Même quand tu étais petite ?

— Contrairement à toi, j'étais une enfant propre.

— Sauf la fois où tu as fait pipi dans le coin de ta chambre à la fac.

— C'est arrivé ça ?

— Oh oui. En troisième année.

— ça m'étonnerait.

— L'année où l'on est tombé amoureux.

— Je me souviens de ça.

— Une fois tu étais saoule et tu as fait pipi dans le coin de ta chambre.

— D'accord, à présent je me rappelle.

— Voilà.

— C'était une bonne nuit.

— Nuit ? Tu étais complètement saoule à 4 heures du matin.

— Une bonne nuit se termine toujours à 4 heures du matin.

— Un bon pantalon est un pantalon dans lequel on a fait pipi.

— C'est bien vrai.

— Tu aimais vivre à New York ?

— Oui. Je buvais et j'embrassais des inconnus.

— Pourquoi tu es partie ?

— Les parcs de la ville avaient l'air trop tristes, transplantés et maladifs. Les arbres ressemblaient à des mauvaises herbes. Il y avait des cygnes avec des pattes qui leur poussaient du trou du cul. Le soir, tandis que je mangeais une pizza à 1 dollar de Kentucky Fried Chicken, je voyais des milliers de rats courir partout dans l'herbe.

— Dégueu.

— Carrément.

— C'était bruyant là-bas ?

— C'était très bruyant. Parfois vivre en ville c'était comme vivre dans un centre commercial.

— Ce serait sympa d'y aller un de ces jours.

— Absolument.

— Quand j'étais jeune, on jouait à se baisser les pantalons. C'était drôle. On appelait ça la déculottée.

— J'imagine que c'est toujours drôle.

— Une fois quelqu'un a déculotté mon copain Jon. Son slip est venu avec le pantalon et tout le monde a vu son Pierre mangeur de citrouille[2].

— Son quoi ?

— Sa queue. Tout le monde a vu sa queue. Et ça l'a humilié. Ce qui est normal. Ce genre de choses est censé être humiliant. C'est pourquoi c'est drôle. Mais ensuite tout le monde a eu pitié de lui. Alors ils se sont réunis et entendus pour ne plus le charrier là-dessus.

— C'était gentil de leur part.

— J'ai trouvé ça nul.

— Pourquoi ?

— Parce qu'ils n'auraient pas fait ça pour moi. Ou n'importe quel autre des gamins les plus sales.

— Je pense que si.

— Ah, qu'est-ce que tu en sais ?

— Je sais, quand je t'ai rencontré, que tu aimais bien baisser ton pantalon dans les fêtes et que tu te fichais de savoir si les gens riaient De toi ou AVEC toi. Tu aimais simplement voir les gens rire.

---

2. *Peter, Peter, Pumpkin Eater*, comptine anglaise.

— Qu'est-ce que tu racontes ?
— Je dis que tu devrais être moins amer.
— C'est un jeu ? Tu essaies de me draguer
— Non, pas du tout.

— Avant j'allais en boîte et je dansais. C'était un excellent exercice. Et parfois on arrivait à embrasser une inconnue.

— Tu t'habillais branché ?

— J'essayais.

— Et ?

— Eh bien, je portais les pulls à boutons trop grands que ma mère m'avait achetés pour aller à l'église quand j'étais ado. Je ressemblais plus à Garrison Keillor qu'à tous les autres mecs de la boîte.

— Est-ce que tu te déhanchais lascivement ?

— Le twerk[3] n'avait pas encore été inventé. On avait cet autre truc qui s'appelait le grinding[4]. En fait c'était juste du frotti-frotta.

— On devrait aller en boîte et faire ça.

— Non, c'était nul. Avoir passé autant de temps en boîte est l'une des rares choses que je regrette dans ma vie.

— Quelles sont les autres choses ?

---

3. Le twerk (terme formé à partir de twist et jerk) est une danse lascive et sensuelle qui consiste à secouer les hanches et les fesses tout en s'accroupissant dans un mouvement de va-et-vient évoquant l'acte sexuel.

4. Le grinding (littéralement broyage) est une danse dans laquelle deux ou plusieurs danseurs se frottent et/ou se cognent. Le plus souvent la femme se frotte les fesses contre l'entrejambe de l'homme qui place généralement ses mains sur la taille, les hanches ou les fesses de sa partenaire.

— Les autres choses que je regrette ? Eh bien, une fois je me suis rasé les sourcils, j'avais douze ans. Et je ne suis pas allé à l'enterrement de mon ami Aaron. Et j'ai été vraiment vache avec cette fille avec laquelle je suis sorti. Et je t'ai fait attendre sept ans avant d'acheter un chien. Et j'aurais préféré qu'on ne parte pas d'Astoria, dans l'Oregon. Et j'aimerais savoir jouer au baseball. J'aurais préféré n'avoir jamais tant grossi. Et j'aimerais que ma mère soit encore là à me crier dessus pour tout et rien.

— Ta mère aimait te crier dessus ?

— Elle était vraiment très douée pour ça.

— J'aurais aimé la connaître. On aurait pu te crier dessus toutes les deux.

— Ça aurait été bien.

— Tout compte.

— Arrête. Je sais que tu as entendu ça dans ce documentaire de Sam Shepard et que tu penses que c'est EXTRÊMEMENT profond. Mais c'est faux.

— C'est assez profond pour moi.

— Oh mon Dieu…

— Tu te projettes encore sur moi.

— Pas du tout, c'est toi qui te projettes sur moi.

— Va chier. C'est une projection de tes problèmes. Tu t'es projetée sur moi et ce n'est pas juste.

— Hum, je reconnais une projection quand j'en vois une et ça, c'est une méga super projection de TES conneries, pas des miennes.

— Attends, et si on avait projeté tous les deux nos problèmes en même temps et que ces projections avaient d'une certaine manière engendré un étrange et monstrueux mariage à deux têtes qui projette constamment ses propres problèmes sur lui-même ?

— Bien joué. Tout à fait unique. Mais je suis sûr que c'est toi et seulement toi qui projettes tes problèmes sur moi.

— Je crois que cette dispute fait peur à la chienne.

— Ou qu'elle l'énerve.

— Ou peut-être que notre adorable petite chienne s'amuse comme une folle.

— Non, elle est énervée, crois-moi.

— Merde, on a pris de sacrés coups de soleil.

— Brûlés au troisième degré.

— Au quatrième.

— Comment c'est possible ? Enfin, on se promène à pied tout le temps. On n'attrape jamais de tels coups de soleil.

— On s'est promenés en famille cette fois. Ça nous a rendus vulnérables émotionnellement et physiquement.

— C'est idiot.

— Vraiment ?

— Il y a peut-être un trou dans la couche d'ozone ?

— Et on s'est retrouvés dessous et maintenant on est rouges comme des homards.

— Ou peut-être que le soleil tapait vraiment fort.

— Empêche-moi de le faire.

— Oh arrête.

— Je vais m'enfuir. Je vais m'enfuir de la maison.

— Sérieusement. Tu es un sale con.

— Je l'ai déjà fait. J'emporterai notre matelas et je construirai un fort dans les bois et il sera si bien caché et secret que tu ne me trouveras jamais.

— Je te trouverai. Et je te crierai dessus pour m'avoir quittée.

— Nan. Je serai trop occupé à coucher avec des mannequins. Peut-être que je deviendrai un spécialiste ès mannequins et que je gagnerai assez d'argent pour m'offrir un fort bien à moi dans les bois pour l'éternité.

— Ou tu pourrais simplement faire la vaisselle de temps à autre. Ça résoudrait pas mal de choses.

— La vaisselle ?

— Ouaip.

— Toute la vaisselle ?

— Toute.

— Tu plaisantes ? J'aurais les doigts tout fripés.

— J'aime bien les doigts fripés.

— Ah bon ?

— Je trouve ça sexy.

— Arrête de me harceler. Je suis fragile.

— Mmmmmmm.

— Je veux juste être mannequin et défiler.

— Je sais, mon chéri.

— Arrête d'aller toujours dans mon sens. C'est horrible.

— Écoute tête de nœud. Ces poèmes-dialogues que j'écris vont sauver notre mariage.

— La ferme. Notre mariage va bien.

— Ces poèmes vont sauver le mariage de tout le monde. Sous peu tous les jours ressembleront à une longue séance confession avec un inconnu. Et ce sera pareil pour tout le monde. Tout le temps. *Ad vitam aeternam*.

— Ou Trump deviendra président et rendra les choses tellement épouvantables qu'on devra se cacher dans les bois et construire un fort et devenir des bêtes sauvages, et on oubliera la poésie, on ne regardera plus la télé et on ne prendra plus les arbres en photo avec nos portables, et on sera enfin libres.

— Ou peut-être qu'on se mettra à écrire tes poèmes sur des parois rocheuses et de gros rochers comme cet ancien poète et ermite chinois, Han Shan. Alias Montagne froide.

— Ce type ne buvait beaucoup de vin, non ?

— Des litres et des litres.

— D'accord, ça suffit.

— Qu'est-ce qui suffit ?

— Ce truc.

— Quel truc ?

— Tu sais, Ce truc.

— Attends. De quoi est-ce que tu parles ?

— Ça commence à tonner.

— Ce climatiseur est vraiment vieux et bruyant.

— Ça ne me dérange pas.

— Aucun bruit ne te dérange de toute façon. Tu dors comme un bébé. Ça me fait flipper.

— J'ai toujours bien dormi.

— Ce putain d'appareil fait tellement de bruit que c'en est insupportable.

— Je trouve ça agréable.

— D'habitude je suis d'accord. D'habitude j'adore le doux murmure d'un climatiseur tournant à plein régime. Mais celui-là ne tourne pas rond. On dirait qu'il a une indigestion.

— Au moins tu n'entends pas le train ni les étudiants bourrés.

— Les étudiants sont tous rentrés chez eux pour l'été.

— Exact. J'avais presque oublié.

— Je hais les étudiants.

— Moi aussi.

— C'est incroyable comme cette ville est plus agréable quand les étudiants ne sont plus là.

— Tout le monde est tellement gentil maintenant.

— C'est vrai. Tout le monde passe son temps à saluer de la main et à sourire.

— Les vieux de la maison d'en face passent la

journée à traîner et à manger du fromage et des crackers. Juste du fromage et des crackers tout le temps.

— Je ne savais même pas que quelqu'un habitait là.

— Moi non plus.

— Je croyais que la maison était abandonnée.

— Je suppose qu'ils se cachaient des étudiants.

— Ça doit être tellement bizarre d'être vieux et de voir des étudiants faire la fête et des trucs glauques.

— On doit se sentir seul.

— Si j'étais vieux je voudrais aller faire la fête de temps à autre.

— Imagine que tu boives trop puis que tu te réveilles avec une octogénaire dans ton lit.

— Et si un jour on trouvait un remède contre la vieillesse ?

— Qui « on » ?

— Eux.

— Qui ?

— Ceux qui inventent des trucs.

— Les scientifiques ?

— Les docteurs et tout.

— D'accord.

— Je dis juste que ça pourrait arriver. On pourrait trouver un remède contre la vieillesse.

— Genre personne ne mourrait de juste devenir vieux ou de tous ces trucs de vieux.

— Exactement.

— Merde, ce serait épouvantable.

— Tu crois ?

— Ouais. C'est une bonne chose de disparaître de cette façon. C'est bizarre mais c'est bien.

— Je n'aime tout simplement pas l'idée de me pisser dessus toute la sainte journée.

— J'aime bien l'idée de prendre mon temps pour me préparer à mourir.

— Mais est-ce qu'on est rÉellement prêt à mourir, même quand on est vraiment vieux et bancroche ?

— Peut-être pas. Mais ce serait bien d'essayer. D'essayer et de se préparer. Ça me semble important.

— Je pense que se préparer à mourir, ou du moins s'en donner le temps, est une chose très noble.

— Et d'ailleurs, je veux devenir vieille. Je veux être le genre de vieille personne carrément dingo et qui donne de mauvais conseils.

— Ce serait génial.

— Ce serait ce qu'il y a de mieux. Traîner sous un porche. Boire un soda light. Saluer les gens de la main. Donner de mauvais conseils. Ça semble le paradis.

— Tu devrais me donner de mauvais conseils.

— Je le fais déjà.

— Non.

— Va chier. Je te donne tout le temps des mauvais conseils.

— Non, tes conseils sont plutôt bons.

— Tu ne m'accordes jamais aucun crédit.

— Si.

— Non, c'est faux. Je fais extrêmement attention au crédit que tu m'accordes, et crois-moi, le crédit que tu m'accordes chaque jour, est effectivement très, très maigre.

— Effectivement ? Tu utilises le mot Effectivement à présent ?

— J'ai beaucoup regardé *Downton Abbey*.

— Sans moi ?

— Oh.

— Mais qu'est-ce qui ne va pas chez toi bordel ?

— Heather Grimbol, viens te coucher, j'ai quelque chose à te dire.

— Une seconde.

— Bon sang, tu pourrais te dépêcher s'il te plaît ?

— Ne me bouscule pas.

— S'il te plaît viens te coucher, j'ai quelque chose de vraiment important à te dire.

— Détends-toi.

— Impossible.

— Voilà, je suis couchée. Que veux-tu me dire ?

— Je dois te dire quelque chose.

— Je sais. De quoi s'agit-il ?

— Je veux être une bonne personne.

— La ferme.

— Non, je suis sérieux. Je ne veux pas être prétentieux, ou vaniteux ou orgueilleux.

— Eh bien, tu n'as pas à t'inquiéter pour ça.

— Je ne veux pas être malin ou trop intelligent. Je veux simplement être sincère. Je veux être utile.

— Comme par exemple faire la lessive avec moi demain ?

— Non, pas utile comme ça. Mais utile. Et je veux faire un tour en voiture et aimer les choses telles qu'elles sont. Et je veux marcher en montagne sans revenir trop écorché. Et, de temps à autre, je veux te lécher jusqu'à ce que tu sois comblée.

— Tu pourrais le faire tout de suite.

— Arrête, je suis sérieux.

— Moi aussi.

— Je veux être gentil avec toi et avoir des enfants avec toi et vivre dans une petite maison qui n'a pas besoin de trop d'entretien. Je veux vivre dans le Vermont et aller là où l'on s'est rencontrés.

— Tu es vraiment lourd.

— Je sais.

— Bon, tu sais ce que je veux.

— Quoi ?

— Je veux aller camper le week-end prochain.

— Où ? On pourrait aller au Canada, ou partir très tôt et monter jusqu'à la péninsule supérieure du Michigan. Ou on pourrait aller aux Badlands. Ou on pourrait tout lâcher et faire le tour du pays en voiture.

— Contentons-nous d'aller dans le Vermont.

— Je pourrais vendre des livres anciens à Hermit Hill Books à Poultney.

— On pourrait camper au lac Sainte-Catherine.

— Il faut acheter un matelas gonflable.

— C'est vrai. Le sol est trop dur.

— Et plein de morts.

Collection Domaine étranger

www.editionsdu38.com

38 rue d'Alger

31290 Villefranche de Lauragais

contact@editionsdu38.com

La version numérique de ce roman est disponible
sur les principales plateformes de téléchargement.

Lightning Source UK Ltd.
Milton Keynes UK
UKHW020837020321
4051UKFR00008B/221

9 782374 538068